I0686727

332 Y

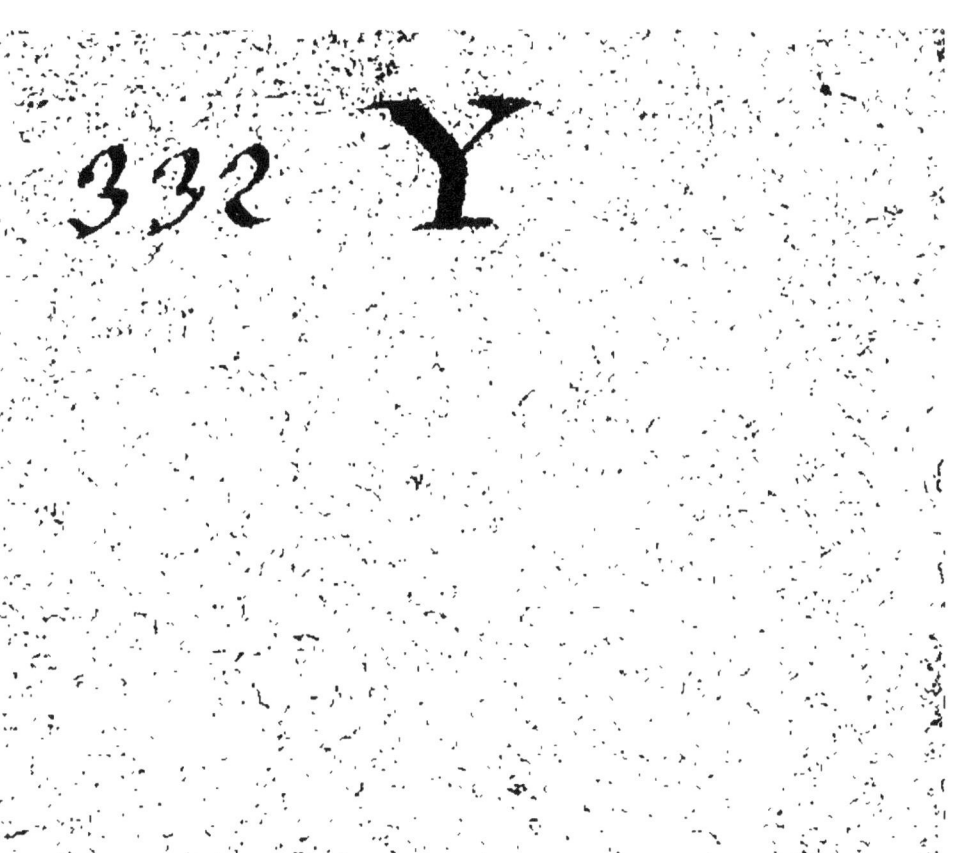

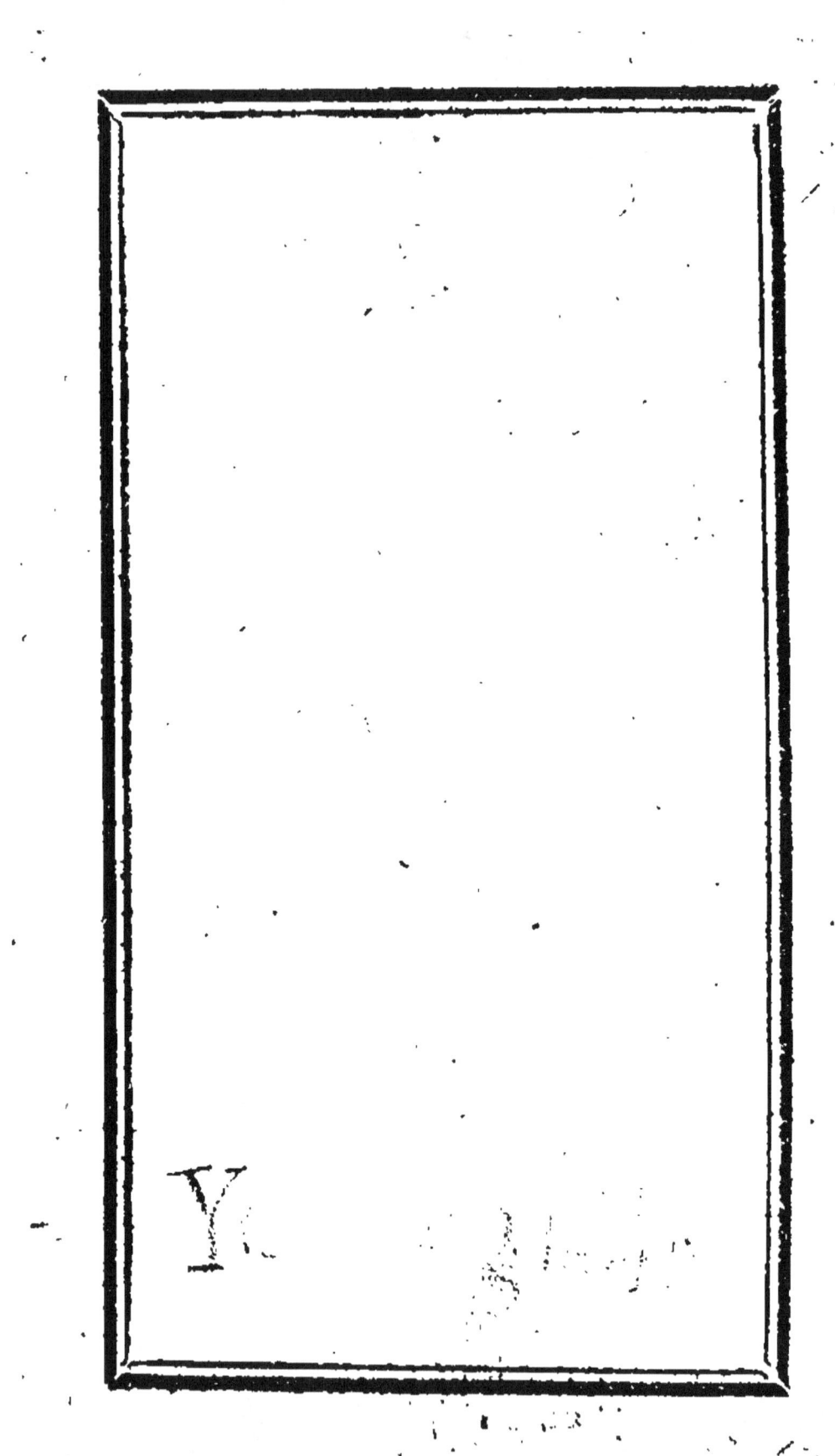

Les uns disent *ci*; les autres disent ça a
moi j' dis ça ou ci.

LES ÉTRENNES
DE BOBÊCHE,

AVEC DES PRÉDICTIONS ORI-
GINALES ET INFAILLIBLES
POUR LA PRÉSENTE ANNÉE.

DÉDIÉES

A très-grand, très-haut et très-puissant Seigneur, monseigneur le Public.

On n'est queut'fois pas si bêt'
qu'on en a l'air.

Chez PIGOREAU, Imprimeur-Libraire,
rue du Petit-Pont, n. 10.

COUPLETS PRÉLIMINAIRES

Air de la belle Limonadière.

V'nez garçons, maris, fill's et fem-
   mes ,
Petits, grands, gens de tous états ;
Pour l'nouvel an, messieurs et dames
Prenez tous de mes almanachs.
Si mes prédictions falotes
N'sont pas d'vot'goût, sexe charmant
Vous en ferez des papillotes...
Les voir z-au feu, s'rait trop fumant.

Dans c'livret comme d'ssus la scène,
Bobêch', qui fit tout ce qu'y put,
S'il a vot' suffrag' pour étrennes,
Pourra s'vanter d'toucher z'au but.
L'plat d'son métier qu'il vous pré-
   sente
Est tout en farc'; et j'dis, c'est sûr,
L' marchand s'promet un cours de
   vente ;
S'y s' tromp', vous sentez qu'ça s'ra
   dur.

   C'est c'qu'il vous souhaite au
nom de qui il appartiendra.

BOBÈCHE.

INTRODUCTION.

Messieurs et Mesdames; Mesdames et Messieurs;

Nous allons entrer à corps perdu en matière de bêtises ; je vais vous en conter gros comme moi, de toutes les guignes et de toutes les gouaches; et, pourvu que vous soyez curieux ou curieuses de sentences, de dictons, de vérités surtout, vous trouverez ici votre affaire.

Au reste, je vous en avertis, car je ne suis pas traître : j'ai engeancé tout cela de manière que, de gré ou de force, vous rirez, ne fût-ce que du bout des dents, et cela sera; car dussé-je vous annoncer la fièvre quarte, vous savez qu'il faut vouloir ce qu'on ne s'aurait empêcher ; mais, consolez-vous :

Les maux qu'on attendait causent moins de souffrance,
Et prévoir les plaisirs, c'est les goûter d'avance.
Ainsi, vous comprenez, vous m'entendez, lecteurs,
Recevez, tout gaîment, soit bonheur, soit malheurs.

PRÉDICTIONS UNIVERSELLES.

De la Fortune.

La fortune n'est pas femelle pour des prunes ; elle aura donc des caprices cette année comme les années précédentes, et même elle en aura dans tous les siècles à venir ; car, comme l'a dit très-savamment le célèbre Gros-René :

La femme est toujours femme, et
 jamais ne sera
Que femme, tant qu'entier le
 monde durera.

Quant à l'argent, s'il faut vous le dire, je n'en vois guère cette année, quelques calculs que j'en aie fait. Il est vrai qu'il a une destination qui sera remplie tant bien que mal.

L'année prochaine, en revanche, il y en aura à remuer à la pelle ; car, après l'orage vient le beau tems.

Beaucoup de personnes s'élève-
ront avec autant d'adresse, et plus
promptement qu'un limaçon , qui
gagne enfin le sommet de l'arbre
le plus élevé ; mais ils dégringole-
ront encore plus vite.

Par un malheur qu'ils ne devinent
    guère ,
Ces gens qui faisaient tant frout-frout,
Entre deux selles, tout-à-coup,
Se trouveront le cul par terre.

Des maladies qui courront cette année.

Le mal aux yeux sera très-contraire
    à la vue ;
Les constipés auront recours au la-
    vement ;
  Et qui mourra subitement,
  Périra de mort imprévue.
  Ceux que les vents oppresseront
  Avec délices péteront ;
  Quiconque aura la diarrhée ,
  Qu'il courre à la chaise percée,
  Autrement il arrivera
  Que sa chemise en pâtira.

Or, vous sentez, Messieurs et Mesdames, que ce serait un cas fort sale.

Voici maintenant une vérité incontestablement vraie, que j'ai trouvée dans les fastes de la divination :

Quiconque en février terminera sa vie,
Ne doit plus craindre en mars aucune maladie.

Pour en finir sur cet article, je vous dirai que tout chacun, hommes, femmes, filles, voire même les petits gamins, seront plus ou moins attaqués de maux plus ou moins graves ; et néanmoins, de tous ces gens-là, il n'y en a pas un seul qui ne prolonge sa vie jusqu'à la fin de sa carrière ; car, comme l'a dit le proverbe, il n'en mourra que les plus malades.

———

Parlons de foires. On en verra beaucoup cette année ; elles se diviseront en foires habituelles et foires extraordinaires : foires d'œillades, au Palais-Royal et encore ailleurs ; foire de médisance chez les femmes de Paris ; foire d'imitation maladroite chez les provinciales ; foire de mariage chez les femmes d'intrigue ; foire d'orgueil chez les parvenus ; foire de cosaquerie littéraire parmi les auteurs ; foire de nouvelles mensongères sur les places publiques ; foire de chicane au Palais ; foire de politique dans les cafés ; foire de vers et de prose au Parnasse ; foire de récréations au boulevard du Temple ; toutes ces foires se tiendront en tems et lieu, comme de coutume ; mais la plus considérable et la plus suivie sera celle de ponent, dans l'île de Chio.

Des mascarades.

Je puis, sans crainte de me voir démentir, vous annoncer que la moitié du monde se déguisera pour tromper l'autre moitié. Les filles prendront le masque d'Agnès ; les femmes, celui de Lucrèce ; les poltrons, celui de Matamore ; les marchands, celui de la probité ; les

B

courtisans, celui qu'ils croiront le plus propice ; les...., je n'en finirais pas, si je voulais nommer tous ceux qui changeront de forme et de langage.

Les fourbes par leur manigance
Nous causeront bien du souci ;
Mais quel remède à tout ceci ?
Mes amis, prenons patience :
Vouloir s'en défendre, à coup sûr,
Ce serait se casser la tête contre un
    mur.

De l'humeur guerrière.

En dépit de la paix universelle qui vient d'être solennellement conclue entre tous les peuples de l'Europe, il y aura guerre perpétuelle entre l'eau et le feu, entre la raison et les sens, entre les arts et la fortune, entre les chats et les souris, entre les chiens et les puces.

Il existe même un pays,
Où le fer et le plomb, par de rudes
    épreuves,
Feront un grand nombre de veuves
Qui n'ont jamais eu de maris.

Des Incendies.

Le paragraphe que voici ne laisse pas de me chiffonner la cervelle ; mais comme ce qui le compose en cassera bien d'autres, je ne crois pas devoir le passer sous silence ; je vous dirai donc que l'année sera comme la précédente, fertile en incendies : il y en aura au sud, à l'est, à l'ouest, au nord ; à Vienne, à Belleville, à Madrid, au grand Montrouge ; à Pékin, au marché du Temple. Le château du vieux baron Allemand, la maisonnette champêtre du marchand de la rue Saint-Denis, le palais du grand d'Espagne, la chaumière du marchand de choux, la grande pagode, la chemise de la petite revendeuse, flamberont, fumeront, brûleront, sentiront le roussi. Chez les uns ce sera par un accident malheureux ; chez les autres par calcul ou vengeance ; il est pourtant possible d'envisager la chose sous un point de vue consolant.

En voyant ainsi leur maison
Devant eux se réduire en braises,
Ces pauvres gens ne seront pas
    trop aises ;
Mais quoi..? par compensation ,
Ils y perdront aussi leurs puces et
    punaises.

Prédictions locales.

Ah ! que je vous conte :

On verra quantité de Hongrois en
    Hongrie ,
De Barbares en Barbarie :
D'anglais en Angleterre , en Chine
    de Chinois ,
De Tartares en Tartarie ,
De Turquoises en Turquie ,
De même en Suède, de Suédois,
De commerçans dans le commerce ,
D'objets à l'œil perçant en Perse.

J'ajouterais volontiers à ces no-
tions fidèles , des instructions non
moins lumineuses sur les habitans
de la lune.

Mais le sort qui de tout dispose ,
Le sort qui règle chaque chose

Me défend d'en parler avant quatre
  cents ans.
Patientez jusqu'à ce tems.

A propos, vous ne savez pas :
plusieurs petits ignorans astrologues
vous diront que cette année il y
aura treize lunes ; y a-t-il le sens
commun de hasarder une pareille
absurdité?je vous atteste le contraire,
et j'en jure par le dernier poil de ma
perruque qui se hérisse d'horreur
sur ma tête ; il n'y aura en tout
qu'une seule lune ; encore ne suis-
je pas sûr que nous l'ayons toute
entière :

Je le crois, d'autant moins que
  (réflexion faite),
Trop de gens en auront un quartier
  dans la tête ;
Je pourrais même ici, sans passer
  pour un fou,
En nommer plus d'un cent qui vont
  y faire un trou.

DES SIGNES DU ZODIAQUE.

Saturne.

Quiconque naîtra sous Saturne,
Sera taquin ou taciturne ;

Grognard , même le plus souvent ,
Se levera le cul devant.

Toujours jaloux, toujours envieux,
il se grattera où il ne lui démangera
pas; il ne rira que du bout des dents
et quelquefois fera bonne mine et
mauvais jeu , et contre mauvaise
fortune , bon cœur.

Jupiter.

Sous Jupiter, la soif des richesses
fera jouer bien des rôles. Que de
gens prendront toutes sortes de for-
mes! que de ruses ne mettra t-on
pas en usage pour s'enrichir.

Méfiez-vous surtout de ces sucrées
De ces petites mijaurées
Affectant le rôle d'Agnès
Pour vous prendre dans leurs filets.

Mars.

Ceux qui naîtront sous le signe
de Mars ne demanderont que plaies
et bosses; nouveaux Icares, ils ne
croiront jamais prendre un vol trop
haut, mais garre le soleil !

Je sais un savetier dont les imper-
tinences
Tendront à devenir ministre de
finances

Un garçon d'écurie, un cureur de
   retrait
Voudront être, l'un prince, et l'autre
   sous-préfet.

Le Soleil.

Sous le soleil naîtront tous les souf-
   fleurs,
Les chimistes et les chercheurs
De la pierre philosophale ;
Ces gens travailleront d'une ardeur
   sans égale ;
Mais, pour tout fruit de leur acti-
   vité,
Ils se verront bientôt à la mendicité.

Vénus.

Ceux qui seront en ce monde venus,
   Sous la planète de Vénus,
Qui possédant Cythère (ou bien six
   métairies)
A de quoi promener ses douces rê-
   veries,
 • Sentiront dans leur estomac,
Ou dans leur cœur certain micmac ;
   L'Amour, d'une façon cruelle,
   Leur trottera dans la cervelle,
   Et les menera si bon train,
Qu'ils pourront se perdre en chemin.

Beaucoup se marieront par amourette, sans avoir de quoi faire bouillir la marmite; aussi auront-ils pour une nuit à moitié bonne, beaucoup de mauvais jours. Qu'y faire? là où la chèvre est liée, il faut bien qu'elle y broute ; et quand il n'y a plus rien au ratelier, il est tout naturel que les ânes se battent.

Les fines coquettes auront toujours gros jeu; elles feront bonne mine à celui-ci; un sourire gracieux à celui-là; une œillade à l'un; un serrement de main à l'autre; elles marcheront sur le pied à un cinquième ; laisseront tomber leur ombelle ou leur mouchoir, pour qu'un sixième les ramasse ; par-là elles ménageront les jeunes galans; tous se croiront aimés et se retireront fiers comme des paons et gonflés du bonheur d'avoir su plaire. Faut-il dire qu'un grand, grand, grand personnage y sera pris comme les autres?

ALMANACH

GRÉGORIEN

POUR L'AN BISSEXTIL

MDCCCXVI (1816).

Avec les Départs et Arrivées des Coches de la Haute-Seine.

A PARIS,

Chez TIGER, Imprimeur-Libraire, rue du Petit-Pont-Saint-Jacques, au coin de celle de la Huchette, au Pilier littéraire.

FÊTES MOBILES.

Septuagésime, le 11 Février.
Cendres, le 28 Février.
PÂQUES. le 14 Avril.
Rogations, le 20 Mai.
ASCENSION, le 23 Mai.
PENTECOTE, le 2 Juin.
Trinité, le 9 Juin.
Fête-Dieu, le 13 Juin.

COMPUT ECCLESIASTIQUE.

Nombre d'or . . . 12.
Epacte. . . . . . . I.
Cycle solaire. . . . 5.
Indiction Rom. . 4.
Lettre dominicale. GF.

EPOQUES.

Année de la Période julienne... 6531
— du commencement du monde. 5820
--- depuis le Déluge universel..... 4163
— depuis la pr. Olymp. d'Iphitus. 2590
— de la fond. de Rom. sel. Varron 2569
— de l'époque de Nabonassar... 2563
— de la Nativité de Jésus-Christ. 1816
--- de la Mort et Résurr. de J. C. 1786
--- depuis la correct. Grégorienn. 234
--- de l'ère Républicaine . . . 24 et 25
L'année 1231 des Turcs commence le
    3 décembre 1815, et finit le 21 no-
    vembre 1816, selon l'usage de Const.

JANVIER.

	1	lundi	CIRCONC.	2
	2	mard	s. Basile	3
	3	merc	*ste. Genev.*	4
☽	4	jeudi	s. Rigobert	5
P. Q.	5	vend	s. Siméon	6
le 7	6	same	EPIPHANIE.	7
soir.	7	1 D.	s. Théau	8
	8	lundi	s. Lucien	9
	9	mard	s. Furcy, a.	10
	10	merc	s. Paul, her.	11
☺	11	jeudi	s. Théodos.	12
Pl. L.	12	vend	s. Fréjus	13
le 15	13	same	Bapt. de n.	14
soir.	14	2 D.	s. Hilaire	15
	15	lundi	s. Maur.	16
	16	mard	s Guillaum.	17
	17	merc	s. Antoine.	18
☾	18	jeudi	Ch. s. p. à r.	19
D. Q.	19	vend	s. Sulpice	20
le 21	20	same	s. Sébastien	21
soir.	21	3 D.	ste. Agnès	22
	22	lundi	s. Vincent.	23
	23	mard	s. Ildefonse	24
	24	merc	s. Babilas	25
	25	jeudi	Conv. s. P.	26
◉	26	vend	ste Paule	27
N. L.	27	same	s Julien, é.	28
le 29	28	4 D.	s. Charlem.	29
mat.	29	lundi	s. Franç. S.	1
	30	mard	ste Bathilde	2
	31	merc	ste Marcell	3

Jours de la Lune.

FEVRIER.

	1	jeudi	s Ignace
	2	vend	PURIFICAT.
	5	same	s. Blaise
☽	4	D. 5	s. Philéas
P. Q.	5	lundi	ste Agathe.
le 6	6	mard	s. Dorothée
soir.	7	merc	s. Romuald
	8	jeudi	s. Jean M.
	9	vend	ste Apollin.
	10	same	ste Scholast
☺	11	D.	*Septuagés.*
P. L.	12	lundi	ste Eulalie.
le 13	13	mard	ste. Benigne
soir.	14	merc	s. Valentin.
	15	jeudi	s. Jovite
	16	vendr	ste Julienn.
	17	same	ste Mariann
☾	18	D.	*Sexagésim.*
D. Q.	19	lundi	s. Moyse.
le 20	20	mard	s. Eucher.
mat.	21	merc	s. Pépin
	22	jeudi	ste Isabelle
	25	vendr	s. Mérault.
	24	same	s. Prétestat,
N. L.	25	D.	*Quinquag.*
le 28	26	lundi	s. Porphyre
mat.	27	mard	s Julien.
	28	merc	*Les Cendres*
	29	jeudi	s. Romain

Jours de la Lune.

4
5
6
7
8
9
10
11
12
13
14
15
16
17
18
19
20
21
22
25
24
25
26
27
28
29
50
1
2

MARS.

	1	vendr	Les 5 plaies	3
	2	same	ste Noflet.	4
	3	D. ĩ	*Quadragés.*	5
☾	4	lundi	s. Casimir	6
P. Q.	5	mard	s. Drausin.	7
le 7	6	merc	ste. Col. 4t.	8
mat.	7	jeudi	s. Thomas	9
	8	vendr	s. Jean de D.	10
	9	same	ste François	11
	10	D. 2	*Reminisce.*	12
◯	11	lundi	40 Martyrs	13
Pl. L.	12	mard	s. Pol , év.	14
le 13	13	merc	ste. Euphra.	15
soir.	14	jeudi	s. Silvain.	16
	15	vendr	s. Longin.	17
	16	same	s. Abraham.	18
	17	D. 3	*Oculi.*	19
☽	18	lundi	s. Alexandr.	20
D. Q.	19	mard	s. Joseph.	21
le 20	20	merc	s. Vulfrand.	22
soir.	21	jeudi	s. Benoit, é.	23
	22	vend	s. Paul , év.	24
	23	same	s. Victorien	25
	24	D. 4	*Lætare.*	26
◉	25	lundi	ANNONCIAT.	27
N. L.	26	mard	s. Eudger.	28
le 28	27	merc	s. Rupert.	29
soir.	28	jeudi	s. Gontran	30
	29	vendr	s. Eustase.	1
	30	same	s. Rieul	2
	31	D. 5	*La Passion*	3

Jours de la Lune

AVRIL.

				Jours de la Lune.
	1	lundi	s. Hugues.	4
	2	mard	s. François.	5
	3	merc	s. Richard	6
P. Q.	4	jeudi	s. Ambrois.	7
le 5	5	vend	la Compass.	8
soir.	6	same	s. Vincent	9
	7	6 D	*Rameaux.*	10
	8	lundi	s. Gaultier.	11
	9	mard	ste Marie, é.	12
	10	merc	s. Onésime.	13
	11	jeudi	s. Léon, p.	14
P. L.	12	vendr	*Vend. saint*	15
le 12	13	same	s. Justin	16
mat.	14	D.	PASQUES	17
	15	lundi	s. Paterne.	18
	16	mard	s. Druon.	19
	17	merc	s. Anicet	20
	18	jeudi	s. Parfait.	21
D. Q.	19	vend	s Elphege.	22
le 19	20	samé	s. Hildegon.	23
mat.	21	1 D.	*Quasimodo*	24
	22	lundi	se Opportu	25
	23	mard	s. George.	26
	24	merc	s. Marcellin	27
	25	jeudi	s. Marc.	28
N. L.	26	vend	s. Clet, pa.	29
le 27	27	same	s Polycarpe	30
soir.	28	2 D.	s. Vital	1
	29	lundi	s. Robert	2
	30	mard	s. Eutrope.	3

MAI.

	1	merc	s. Jac.s.Ph.	4
	2	jeudi	s. Athanâse	5
	3	vend	Inv. de la c.	6
☽	4	same	ste Moniq.	7
P. Q.	5	3 D.	C. s. Aug.	8
le 5	6	lundi	s. Jean p. l.	9
mat.	7	mard	s. Stanislas	10
	8	merc	s. Desiré	11
	9	jeudi	s. Gré. d. n.	12
	10	vend	s. Gordien	13
☺	11	same	s. Mamert	14
Pl. L.	12	4 D.	s. Epiphanie	15
le 11	13	lundi	s. Servais.	16
soir.	14	mard	s. Erembert	17
	15	merc	s. Isidore	18
	16	jeudi	s. Honoré.	19
	17	vend	s. Montain.	20
☾	18	same	s. Felix.	21
D. Q.	19	5 D.	s. Célestin.	22
le 19	20	lundi	Rogations.	23
mat.	21	mard	s. Hospice.	24
	22	merc	ste Julie .	25
	23	jeudi	ASCENSIO	26
	24	vend	ste. Jeanne	27
●	25	same	s. Urbain.	28
N. L.	26	6 D.	s Phil. de n.	29
le 27	27	lundi	s. Ferdinan	1
mat.	28	mard	s. Germain	2
	29	merc	s. Maximin	3
	30	jeudi	ste Emélie.	4
	31	vend	ste.Pétronil	5

Jours de la Lune.

JUIN.

<table>
<tr><td>1</td><td>same</td><td>s. Pamphile</td><td>6</td></tr>
<tr><td>2</td><td>D.</td><td>PENTEC.</td><td>7</td></tr>
<tr><td>3</td><td>lundi</td><td>ste Clotilde</td><td>8</td></tr>
<tr><td>4</td><td>mard</td><td>s Marcelli.</td><td>9</td></tr>
<tr><td>5</td><td>merc</td><td>s. Optat 4 t.</td><td>10</td></tr>
<tr><td>6</td><td>jeudi</td><td>s. Claude</td><td>11</td></tr>
<tr><td>7</td><td>vend</td><td>s. Mériade.</td><td>12</td></tr>
<tr><td>8</td><td>same</td><td>s. Médard</td><td>13</td></tr>
<tr><td>9</td><td>1 D.</td><td>La Trinité.</td><td>14</td></tr>
<tr><td>10</td><td>lundi</td><td>s. Landry</td><td>15</td></tr>
<tr><td>11</td><td>mard</td><td>s. Barnabé.</td><td>16</td></tr>
<tr><td>12</td><td>merc</td><td>s Basilide</td><td>17</td></tr>
<tr><td>13</td><td>jeudi</td><td>FÊTE-DIEU.</td><td>18</td></tr>
<tr><td>14</td><td>vendr</td><td>s. Rufin</td><td>19</td></tr>
<tr><td>15</td><td>same</td><td>s. Modeste.</td><td>20</td></tr>
<tr><td>16</td><td>2 D.</td><td>s Ferreole</td><td>21</td></tr>
<tr><td>17</td><td>lundi</td><td>s. Adolphe</td><td>22</td></tr>
<tr><td>18</td><td>mard</td><td>ste Marine</td><td>23</td></tr>
<tr><td>19</td><td>merc</td><td>s. Gervais</td><td>24</td></tr>
<tr><td>20</td><td>jeudi</td><td>Oct. F.-D.</td><td>25</td></tr>
<tr><td>21</td><td>vendr</td><td>s. Adalbert.</td><td>26</td></tr>
<tr><td>22</td><td>same</td><td>s Paulin.</td><td>27</td></tr>
<tr><td>23</td><td>3 D.</td><td>s. Basile.</td><td>28</td></tr>
<tr><td>24</td><td>lundi</td><td>s Jean-Bap.</td><td>29</td></tr>
<tr><td>25</td><td>mard</td><td>s Prosper</td><td>30</td></tr>
<tr><td>26</td><td>merc</td><td>s Jean mar</td><td>1</td></tr>
<tr><td>27</td><td>jeudi</td><td>s Crescent</td><td>2</td></tr>
<tr><td>28</td><td>vendr</td><td>s. Irénée</td><td>3</td></tr>
<tr><td>29</td><td>same</td><td>s Pier. s. P.</td><td>4</td></tr>
<tr><td>30</td><td>4 D.</td><td>Com. s. Pa</td><td>5</td></tr>
</table>

Jours de la Lune.

☽ P. Q.
le 3
mat.

○ Pl. L.
le 10
mat.

☾ D. Q.
le 17
soir.

◉ N. L.
le 25
soir.

JUILLET.

				Jours de la Lune.
	1	lundi	Martial.	6
	2	mard	Visitation	7
	3	merc	s Anatole	8
P. Q.	4	jeudi	T. s. Mart.	9
le 2	5	vendr	ste Zoé	10
mat.	6	same	s Tranquil	11
	7	5 D.	s Aubierg	12
	8	lundi	ste Elisabet.	13
	9	mard	s Cyrille.	14
Pl. L.	10	merc	ste Félicité	15
le 9	11	jeudi	Tr. S. Ben.	16
soir.	12	vendi	s Gualbert	17
	13	same	s Turiaf	18
	14	6 D.	s Isaac	19
D. Q.	15	lundi	s Henri, em.	20
le 17	16	mard	N d. d. m. c.	21
soir.	17	merc	s Spérat.	22
	18	jeudi	s Thomas d	23
	19	vendr	s Vincent p	24
	20	same	ste Margu	25
N. L.	21	7 D.	s Victor	26
le 24	22	lundi	ste M. Mag	27
soir.	23	mard	s Apollinai.	28
	24	merc	ste Christi	29
	25	jeudi	s Jacq. s Cr.	1
	26	vendr	Tr s Marc.	2
P. Q.	27	same	s Georges	3
le 31	28	8 D.	ste Anne.	4
soir.	29	lundi	ste Marthe	5
	30	mard	s Abdon.	6
	31	merc	s Germain	7

AOUT.

	1	jeudi	ste Sophie.	8
	2	vend	s. Etienne.	9
	3	same	Inv. s. Et.	10
☉ P L. le 8 mat.	4	9 D.	sus. Ste Cr.	11
	5	lundi	s. Yon.	12
	6	mard	Transfigur.	13
	7	merc	s. Gaëtan.	14
	8	jeudi	s Justin	15
	9	vend	s Romain	16
	10	same	s Laurent	17
☾ D. Q. le 16 mat.	11	10 D.	susc. steCo.	18
	12	lundi	ste Claire	19
	13	mard	s Hipolyte	20
	14	merc	vigil. jeûn.	21
	15	jeudi	ASSOMPT.	22
	16	vendr	s Roch	23
	17	same	s Mamès	24
� N. L. le 23 mati.	18	11 D.	s Hélène	25
	19	lundi	s. Louis év.	26
	20	mard	s. Bernard.	27
	21	merc	s. Privat	28
	22	jeudi	s. Simphor	29
	23	vend	s. Timothé	1
	24	same	s. Barthéle.	2
☽ P. Q. le 29 soir.	25	12 D.	s. LOUIS.	3
	26	lundi	s. Zéphirie	4
	27	mard	s. Césaire	5
	28	merc	s. Augustin.	6
	29	jeudi	s. Méderic	7
	30	vend	s. Fiacre	8
	31	same	s. Ovide.	9

SEPTEMBRE.

	1	15 D.	s. Leu s. G.	10
	2	lundi	s. Lazare	11
	3	mard	s. Grégoire	12
	4	merc	ste Rosalie.	13
P. L. le 6 soir.	5	jeudi	s. Bertin	14
	6	vend	s. Zacharie.	15
	7	same	s. Cloud.	16
	8	14 D.	NAT. N.D.	17
	9	lundi	s. Omer.	18
	10	mard	s. Nicolas. T	19
	11	merc	s. Patient.	20
D. Q. le 14. soir.	12	jeudi	s. Serdot	21
	13	vend	s. Maurille	22
	14	same	Exal. ste. c.	23
	15	15 D.	s Cyprien.	24
	16	lundi	se Euphém.	25
	17	mard	s Lambert	26
	18	merc	s J. Chr 4 t.	27
N. L. le 21 soir.	19	jeudi	s. Janvier	28
	20	vend	s Eustache.	29
	21	same	s Mathieu	30
	22	16 D.	s Maurice	1
	23	lundi	ste Thècle	2
	24	mard	s. Andoche	3
	25	merc	s. Firmin	4
	26	jeudi	ste. Justine	5
P. Q. le 28 mat.	27	vend	s. Côme D.	6
	28	same	s. Céran	7
	29	17 D.	s. Michel	8
	30	lundi	s. Jérome	9

Jours de la Lune.

OCTOBRE.

	1	mard	s. Remy, év.	10
	2	merc	ss. Anges G.	11
	3	jeudi	s. Denis A.	12
	4	vend	s. Fr. d'Ass.	13
P. L.	5	same	ste Aure, v.	14
le 6	6	18 D.	s. Bruno	15
matin	7	lundi	s. Serge	16
	8	mard	s. Demètre	17
	9	merc	s. Denis.	18
	10	jeudi	s. Géréon	19
	11	vend	s. Nicaise	20
D. Q.	12	same	s. Wilfrid	21
le 14	13	19 D.	s. Géraud	22
mat.	14	lundi	s. Caliste	23
	15	mard	ste Thérèse	24
	16	merc	s. Gal, Abb	25
	17	jeudi	s. Cerbon.	26
N. L.	18	vend	s. Luc, év.	27
le 21	19	same	s. Savinien	28
mat.	20	20 D.	s. Sendon	29
	21	lundi	ste Ursule	1
	22	mard	s. Mellon	2
	23	merc	s. Hillarion	3
	24	jeudi	s. Magloire	4
P. Q.	25	vend	s. Crép. s. C	5
le 27	26	same	s. Rustique	6
soir.	27	21 D.	s. Frumence	7
	28	lundi	s. Sim. s. J.	8
	29	mard	s. Faron, év	9
	30	merc	s. Lucain	10
	31	jeudi	s. Quentin	11

Jours de la Lune.

NOVEMBRE.

	1	vend	TOUSS.	12
	2	same	*Les Morts.*	13
	3	22 D.	s. Marcel	14
	4	lundi	s. Charles	15
P. L.	5	mard	ste Berthile	16
le 5	6	merc	s. Léonard	17
mat.	7	jeudi	s. Willebr	18
	8	vend	stes Reliq.	19
	9	same	s. Marbur	20
	10	23 D.	s. Léon, p.	21
	11	lundi	s. Martin E	22
	12	mard	s. René	23
D. Q	13	merc	s. Brice	24
le 12	14	jeudi	s. Bertrand	25
soir.	15	vend	s. Eugène.	26
	16	same	s. Edme	27
	17	24 D.	s. Agnan	28
	18	lundi	s. Mandé	29
	19	mard	ste. Elisab.	1
N. L.	20	merc	s. Edmon	2
le 19	21	jeudi	Prés. N. D.	3
mat.	22	vend	ste Cécile	4
	23	same	s. Clément	5
	24	25 D.	s. Severin	6
	25	lundi	ste Catheri	7
P. Q.	26	mard	ste Genev.	8
le 26	27	merc	s. Frumence	9
soir.	28	jeudi	s. Jacques	10
	29	vend	s. Saturnin	11
	30	same	s. André	12

Jours de la Lune.

DECEMBRE.

		1	1 D.	*Avent.*	13
		2	lundi	s. F. Xavier	14
☺		3	mard	s. Mirocle.	15
Pl. L.		4	merc	s. Barbe.	16
le 4		5	jeudi	s. Sabas.	17
soir.		6	vend	s. Nicolas	18
		7	same	ste Fare	19
		8	2 D.	Conceptio	20
		9	lundi	ste Gorgon	21
		10	mard	ste Valere	22
☾		11	merc	s. Fuscien	23
D. Q.		12	jeudi	s. Damase	24
le 12		13	vend	ste Luce	25
mat.		14	same	s Nicaise.	26
		15	3 D.	s. Mesmin.	27
		16	lundi	se Adelaïde	28
		17	mard	ste Olymp.	29
◉		18	merc	4 *temps.*	30
N. L.		19	jeudi	s. Meuris	1
le 18		20	vend	s. Philogo.	2
soir.		21	same	s. Thomas	3
		22	4 D.	s. Ischirion	4
		23	lundi	ste Victoire	5
		24	mard	Vigil jeûn.	6
☽		25	merc	NOEL	7
P. Q.		26	jeudi	s. Etienne.	8
le 26		27	vend	s. Jean, év.	9
soir.		28	same	ss. Innoc.	10
		29	D.	s. Thomas	11
		30	lundi	s. Roger.	12
		31	mard	s. Silvestre.	13

Jours de la Lune.

ECLIPSES.

Le 27 Mai, éclipse de Soleil invisible à Paris. Conjonction à 3 h. 15 m. du matin.

Le 10 Juin, éclipse totale de Lune, visible à Paris. Commencement le 9 à 11 h. 40 m. du soir. Fin à 3 h. 10.

Le 19 novembre, éclipse partielle de Soleil visible à Paris. Commencem. à 8 h. 26 m. du mat. Fin à 10 h. 42 min.

Le 4 décembre, éclipse de Lune visible à Paris. Commencement à 7 h. 25 min. du soir. Fin à 10 h. 19.

QUATRE-TEMS.

Le 6 Mars.	Le 18 Septembre.
Le 5 Juin.	Le 18 Décembre.

SAISONS.

Le PRINTEMS, le 21 Mars.

L'ÉTÉ, le 22 Juin.

L'AUTOMNE, le 23 Septembre.

L'HIVER, le 23 Décembre.

DÉPARTS ET ARRIVÉES

Des Coches de la Haute-Seine, Yonne et canaux.

Du Port Saint-Paul.

Nogent, part dimanche, arrive le lundi, revient le mercredi, arrive jeudi.

Briare, part mardi, arrive jeudi, revient le vendredi, arrive dimanche.

Montereau, part le jeudi, arrive le jeudi, revient le lundi, arrive le lundi.

Corbeil, part vendredi à 10 heures, revient vendredi, arrive les mêmes jours.

Du Port Saint-Bernard.

Sens, part lundi, arrive mardi, revient jeudi, arrive vendredi.

Auxerre, part mercredi et samedi, arrive dimanche et mercredi, revient lundi et jeudi, arrive mercredi et samedi.

Nota. Ces Voitures partent de Paris à huit heures du matin pendant le semestre d'hiver; et à sept heures du matin pendant le semestre d'été; à l'exception de celle de Corbeil, qui part, en tout tems, à dix heures du matin, le vendredi.

Cette Entreprise se charge du transport de toute espèce de marchandises.

Mercure.

Sous le signe de Mercure, les gens d'affaires, commerçans, fournisseurs, et autres, seront sujets à faire banqueroute, quand même ils auraient en coffre plus qu'ils ne devront.

La Lune.

Ceux qui sont nés sous l'influence de la lune, seront plus têtus que des mulets, quand on voudra les mener à diah, ils tourneront à hû :

Semblables au chien de Nivelle,
Ils fuiront si l'on les appelle;

. . . .

L'hiver, ils seront étonnés
De se voir la roupie au nez.

Pot-pourri.

Mais c'est assez vous parler des pla-
nettes ;
Il vaut mieux faire des plats nets
Mangez donc chaud et buvez frais,
Amis lecteurs, et tenez vos brai's
nettes.
Sur ce, je passe au second point ;
Car, ne nous y méprenons point :

Petit-Jean l'a dit: l'homme est
    comme oiseau sur branche ;
Tel rira vendredi, qui pleurera di-
    manche.

Que de pédans plus sots que pa-
niers percés ; de belles-mères plus
méchantes qu'ânes rouges ; d'in-
tendans plus voleurs que chouettes ;
d'enfans de Paris plus effrontés que
pages ; de Gascons plus menteurs
que tireurs de cartes ; de gens bril-
lans plus gueux que peintres.

Vous répondrez à cela que tout
ce qui reluit n'est pas or ; que tous
les hableurs ne viendront pas des
bords de la Garonne ; que tous les
fous ne seront pas à Charenton ; ah!
Messieurs, voici mieux que tout cela.

On verra, des malins, sur les tours
    Notre-Dame ,
Se mettre en faction, menacer de
    leur lame ,
Ceux qui voudraient , comme vils
    mécréans ,
    Prendre la lune avec les dents
D'autres, comme Gribouille, admi-
    rez la folie ,
Se cacheront dans l'eau peur de la
    pluie.

DES SAISONS.

Le printemps.

Chers lecteurs, si mes premiers essais n'ont pas encore fatigué votre curiosité, vous pouvez tourner le feuillet, vous y trouverez une nouvelle enfilade de prédictions, non moins certaines que les précédentes. Je vais commencer par le printems.

Après les noirs frimats, la neige les
    glaçons,
nous verrons revenir la reine des
    saisons ;
la terre reprendra ses plus belles
    fontanges.
On ne verra partout qu'agréables
    mélanges.
La douce Philomèle, à l'ombre des
    buisssons,
enchantera les cœurs par ses tendres
    chansons ;
amans, qui desirez porter d'aimables
    chaînes,
    Soyez fidèles et discrets,
    Tenez bien vos plaisirs secrets
    Et ne divulguez que vos peines.

Encore faut-il savoir à qui vous conterez les dernières, car il y a de méchantes gens qui d'un étr. font un pain de sucre, peut-être même tout se saura-t-il quand vous ne diriez rien, car l'amour et la gale ne peuvent se cacher. Poursuivons :

Pendant cette saison , si riante, si
    pure ,
   Où tout renaît dans la nature,
   Et qui ramène les beaux jours ;
Un fripon, un sournois (c'est le dieu
    des amours)
Avec dame Vénus , sa mère ,
Brassera plus d'un tour méchant.
Plus d'une imprudente bergère
Sera prise , fera l'enfant
En badinant sur la fougère.
Là, sans apprêts, sans sacrement,
Entre la poire et le fromage ,
il se fera maint mariage.

Que si un amant plein de son tendre martyre , pousse , comme l'on dit, des soupiraux (des soupirs hauts), qu'il ne s'épouvante pas de voir sa belle lui rire au nez ; il est vrai qu'il souffrira, qu'il languira ; mais patience ,

On a beau faire la lutine ,
Le retour quelquefois l'emporte sur
      matine.

    Je sais bien, petite espiègle, que
vous m'allez dire : un de perdu ,
cent de retrouvés ; mais ne vous y
fiez pas :

Telle méprisait un amant ,
Qui le veut rappeler , mais inutile-
      ment.
On se repent , trop tard, d'avoir été
      superbe ;
Et chacun a son tour, comme dit
      le proverbe.
Aussi pourquoi tant de façon ,
Tout bas le cœur les désaprouve ;
Il faut savoir quand on le trouve,
Comme l'on dit, prendre son bon.
Qui dans ses beaux jours fait la fière
N'est pas toujours sûre de plaire.
Le tems peut tout sur la beauté ;
Pensez-y bien, telle refuse
Un doux lien, qui bientôt muse.
D'abord, c'est une vérité :
Tant que l'on se voit jeune et belle
On croit gagner à se montrer cruelle ;
Mais combien de momens perdus !
Le tems passé ne revient plus ;

Le présent coule comme l'onde ;
Ah ! si la jeunesse savait ,
Et si la vieillesse pouvait ,
que tout iroit bien en ce monde !
on dit souvent: l'hiver n'est pas bâtard
s'il ne vient tôt , il viendra tard.
quant à moi, je dis à nos belles
si moqueuses , si rébelles ,
que bien que l'amour soit batard
s'il ne vient tôt , il viendra tard
les beaux jours n'ont qu'un tems et
     qui ne dure guère ;
sa perte doit vous allarmer ;
ô vous qui savez l'art de plaire ,
quand apprendrez-vous l'art d'aimer?

     Par exemple cette année beaucoup
d'amans, voire même de nouveaux
mariés, se fiant à un vieux proverbe
qui dit. il n'est point de rose sans
épine ,
S'attendront à quelque piqûre
en la cueillant au jardin de Cypris.
Bonnes gens ! qu'ils seront surpris
d'en revenir sans une égratignure !

L'été.

Si-ma science n'est trompeuse,
cette saison sera sèche ou très-plu-
    vieuse ;

On aura du calme ou des vents,
De la tempête ou du beau tems.
Ce que je vois de plus certain
dans tout cela, c'est qu'il n'y aura
point de gelée.
Pendant cette aimable saison ;
l'onde à grands regrets fugitive
Reçevra dans son sein mainte beauté
    naïve
Qui croira faussement en faisant le
    plongeon
De l'amour dans son cœur éteindre
    le brandon.
Que de promenades , que de jolis
tête-à-tête ; les galans seront en-
treprenans ; ils auront bon pied ,
bon œil ; tout au moins la vanité
le leur fera-t-elle dire.
Défiez-vous surtout, fillettes,
De ces tant doucereux amans,
Qui, grands pousseurs de sentimens
viendront pour vous conter fleurette ;
Ces gens-là sont de fins matois ,
Craignez leurs perfides amorces :
on compte un peu trop sur ses forces ;
on résiste une fois, deux fois ;
A la rigueur même, on résiste trois.
Mais pour mieux sauter on recule,
Et l'on finit par gober la pilule.

Tant va la cruche à l'eau qu'elle...
s'emplit, comme dit le cousin Figaro,
l'occasion fait le larron ; et il ne
faut pas peter plus haut que le cul.

A votre tour, messieurs les
amoureux, j'ai aussi quelques petits
rébus à vous appliquer sur l'estomac : en voici l'échantillon.

Tout vient à point qui peut attendre;
ne vous rebutez pas trop tôt.
Il n'est rien tel que d'entreprendre,
Poussez de longs soupirs, prenez
    langage tendre ,
Battez le fer quand il est chaud ;
protestez, mentez comme il faut ,
de vos soins assidus qui pourrait se
    défendre ?

Les chaleurs de l'été seront plus
efficaces que la renaissance du
printems, pour exciter la tendresse
dans le cœur des vieilards; un grand
nombre d'entr'eux ambitionneront
l'onéreux avantage de porter ce que
portent les époux ; c'est-à-dire les
chaînes de l'hymen.

Pour jouir de certaine aisance ,
Plusieurs filles dans l'indigence

prendront des *ringos* pour maris :
la nuit les plus beaux chats sont
   gris.

De ces portraits frappans, qui sentira
   la touche,
grimacera, se fâchera;
preuve qu'il s'y reconnaîtra :
car, qui se sent morveux se mouche.

De l'automne.

Encore des réjouissances ! la
musette, le violon, le hautbois, les
cymbales, le triangle, le tambourin,
feront de tous côtés un tintamarre
de tous les diables ; il n'y a pas de
mal à cela; c'est un moyen de s'étourdir sur mille petits accidens tels que
la guerre, la peste et la famine, auxquelles est sujette la pauvre humanité ; et cela n'empêchera pas la
grappe de mûrir, là où elle ne sera
pas foulée aux pieds des chevaux.

Les pampres, les raisins dont chacun
   se couronne ,
tout annonce , tout dit que la vendange est bonne.
Amans, entreprenez : à l'aide de Bacchus,

vous soumettrez les plus rébelles.
Eh! pourriez-vous craindre un refus
quand Bacchus et l'Amour se sont
ligués contre elle?
Dussiez vous, malgré leur secours
manquer l'objet que votre cœur de-
sire
le vin du moins vous fera rire.
de qui se rit de vos amours.

Voyez l'aimable effet de la liqueur
bachique; elle trotte: la sotte, l'i-
diote, changent de note, on sy-
rotte, on jabotte, on baisotte, on
se donne, comme l'on dit, du talon
dans le C...

De l'hiver.

Il y aura, comme de coutume, de
la neige, de la pluie, ou de fortes
gelées; peut-être même des brouil-
lards à couper au couteau, et autres.
car j'en compte de trois cent soixante
et dix espèces que j'aurai l'honneur
de vous détailler une autre année,
si vous avez eu la patience de m'é-
couter celle-ci.

Mais en attendant, jeunes filles,
Comme il doit faire du verglas,

vous, si mignones si gentilles,
allez doux, ne vous pressez pas,
et gardez bien de faire des faux pas,
car en tombant sur le derrière
vous pourriez, brochant sur le tout,
pendant près d'une année entière,
vous ressentir du contre-coup.

Voilà, j'espère, bien des conseils
donnés pour les quatre saisons;
eh bien! si j'en crois mes auteurs,
mes exhortations, si pathétiques
qu'elles soient, ne produiront pas
grand'chose ; et de quel droit m'en
plaindrais-je ? M. le curé cherche
tous les jours à vous remettre dans
la bonne voie; il n'en viendra pas
à bout mieux cette année que les
précédentes; le vieux proverbe n'a
pas menti : a beau prêcher qui n'a
pas envie de bien faire.

Le monde restera toujours tel qu'il
    est fait;
Verjus vert, vert verjus, bonnet
    blanc, blanc bonnet.

Ultimatum.

Messieurs et dames,
    Vous verrez cette année paraître
un grand nombre d'animaux phé-

nomènes de la nature, en voici l'ordre et la marche :

Des conquérans qui ne gardent pas leurs conquêtes, des courtisans point flatteurs, des poëtes sans prétention, des procureurs sans avidité, des petits-maîtres modestes, des peintres millionnaires, des musiciens sobres, des gascons véridiques, des caissiers fidèles, des marchands probes, des filles innocentes, des savans d'accord entre eux, des danseuses qui ne feront point de faux pas. En général les hommes seront bons, doux, sincères, affables, complaisans, judicieux, serviables, bienfaisans, ennemis du mensonge ; les femmes seront pudibondes, fidèles, discrètes, etc. etc. etc. Vous verrez tout cela quand le soleil prendra perruque, et ça n'tardera pas, car il est déjà bien vieux.

Prédiction particulière.

Vous connaissez tous, messieurs et dames, cet honnête mari qui est né coiffé, qui finira de même ;

tout succède au gré de ses vœux ;
l'or, les dignités pleuvent sur sa
maison ; son épouse lui jure qu'elle
est fidèle, qu'elle le sera même au
delà du trépas.

Jusques-là tout va bien : voyez
ce brave homme mourir dans l'année
et laisser bien malgré lui à d'autres
tout l'or, toutes les dignités qu'il
a acquis par le canal de cette ex-
cellente femme ; ah ! sans doute
elle va mourir à son tour de douleur
et de désespoir. Point du tout ; elle
vivra pour faire encore un et peut-
être plusieurs heureux ; un riche et
vaillant parti viendra s'offrir à la
jolie veuve ;

Elle résistera d'abord,
Puis se rendra sans grand effort ;
dans un siècle tel que le nôtre,
les absens auroit toujours tort,
Toujours un clou chassera l'autre.

———

ÉNIGME CABALISTIQUE.

On aura le mot l'année prochaine,
si l'on ne le devine pas, currente
calamo.

Je suis un être de raison
Qu'on appella monsieur pendant
      mainte saison ;
un beau matin me vit arrogante fe-
    melle ;
puis Androgine, puis bel et brave
    garçon,
Qu'à la suite d'une querelle,
On fit traitreusement chapon.
Encore une métamorphose ;
Et tel de moi se rit et glose
Qui soudain honteux, confondu,
me rendra ce que j'ai perdu.

Post-scriptum.

Lecteur, cette enigme baroque,
Tout en t'intéressant, t'interdit,
    t'interloque,
tu vas, pour en trouver le mot,
battre impunément la breloque.
Crois-moi, renonces-y plutôt ;

car, je veux que le loup me croque,
si le savant comme le sot,
le malin comme le nigaud
ne s'épuisent en vain colloque,
De leur papier n'usent bientôt
Jusque à la dernière loque,
avant d'arriver à l'époque,
où l'un d'eux pourra, comme il faut,
saisir et nommer l'équivoque.

signé ATTRAPPE-MINETTE.

Et plus bas ,

Messieurs , en attendant , recevez
mes adieux,
peut-être l'an prochain je saurai
faire mieux.

J'ai l'honneur d'être etc.

signé BOBÈCHE.

Finis coronat opus;

c'est-à dire :

La faim fait sortir le loup du bois.

✿✿✿

RÉSUMÉ PROPHÉTIQUE

POUR TOUTE L'ANNÉE.

Janvier : Couci-couça.
Février : Plus court que les autres.
Mars : Mal nommé.
Avril : Pêche miraculeuse.
Mai. Tout ça pousse, tout ça pousse
    en même tems.
Juin : Bon à celui-ci, mauvais à
    celui-là.
Juillet : On y tient à peine.
Août : Garre à la mi-août.
Septembre : Ça s' radoucit.
Octobre : Que de richesses !
Novembre : Un peu de refroidisse-
    ment.
Décembre : Quoique un peu tard,
    beaucou   e bonheur.

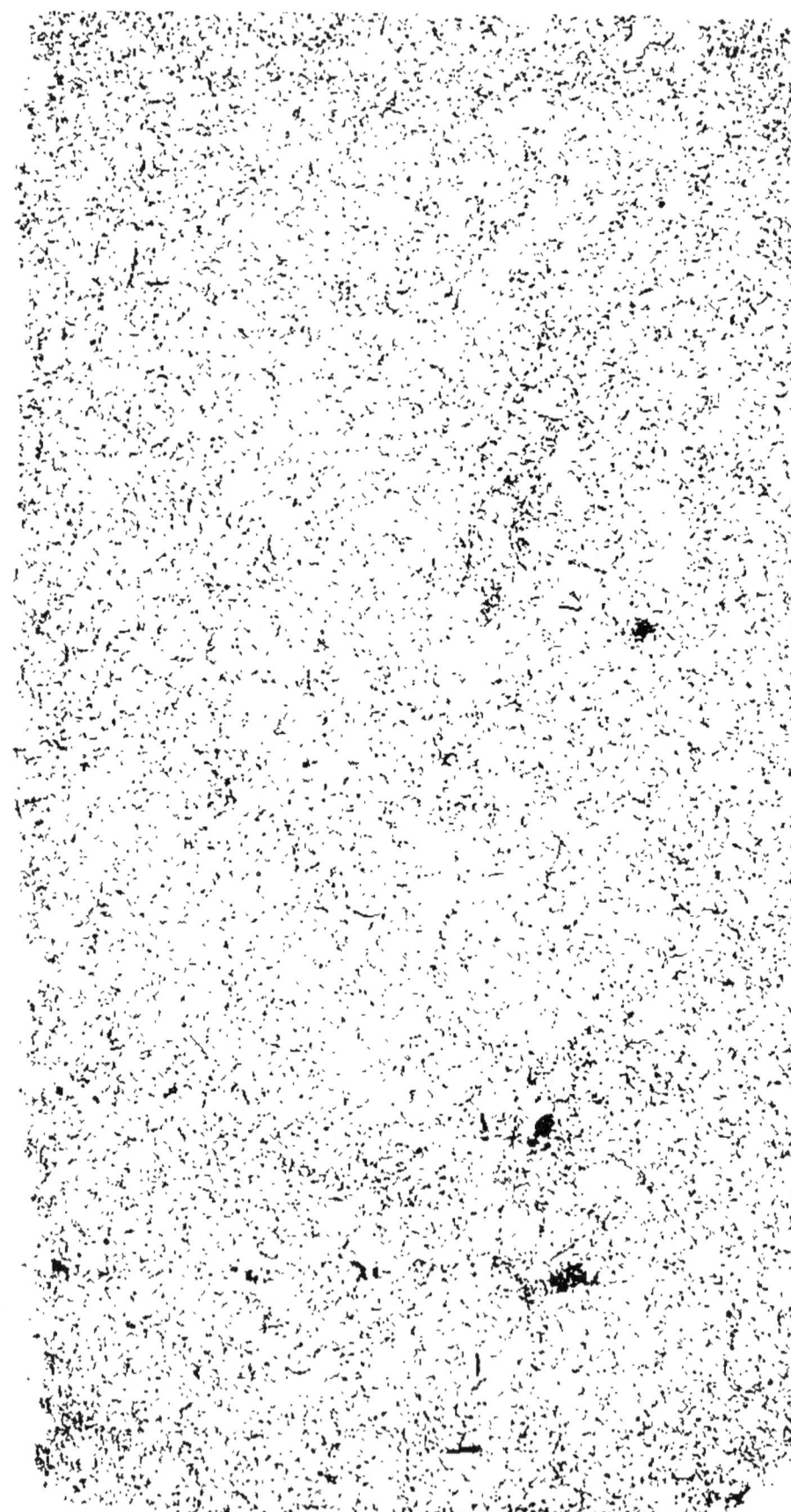